L'école d'Agathe

Texte de Pakita
Images de J.-P. Chabot

Les récrés d'Agathe

RAGEOT

ISBN 978-2-7002-3207-3

Loi n° 49-956 du 16-07-1949 sur les publications destinées à la jeunesse.

Vous savez quoi ? J'adore les **récrés !**

La **récré** du lundi, du mardi, du jeudi, du vendredi, toutes les **récrés !**

On court, on joue, on chante, on crie, on bavarde, on rigole, on ploufe, on tope, on gagne, on perd, on se dispute, on fait la paix, on invente même des **jeux...**

Il faut que je vous les raconte !

Lundi

Moi, le lundi, quand je vais à l'école, je suis très excitée ! Forcément, je sais que je vais retrouver tous mes amis ! Des fois, le week-end me paraît long sans eux.

Ce matin, je leur ai dit :

– J'ai une idée ! Pour fêter notre **récré** de retrouvailles du lundi, écrivons chacun notre **jeu** préféré sur un bout de papier. Ensuite on les met dans la **casquette de Léonard**, on mélange et on en tire un. Comme ça, on jouera à tous nos **jeux** préférés !

Les copains m'ont applaudie.

Aussitôt dit, aussitôt fait, on a tous écrit notre **jeu** préféré sur un papier et on a mis les papiers dans **la casquette de Léonard.** Léonard a tiré et annoncé :

– Mesdames et messieurs ! En premier, nous allons jouer au **jeu** des **fées,** des **sorcières** et des **trolls !** Choisissez votre camp. Les **sorcières** attrapent les **fées,** les **fées** attrapent les **trolls,** les **trolls** attrapent les **sorcières.** Celui qui est pris va dans le camp de celui qui l'a attrapé.

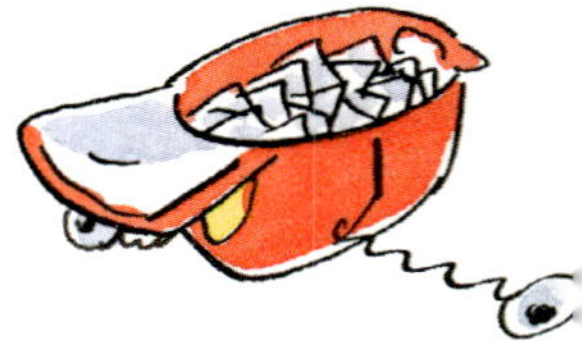

On a fait les trois équipes, puis on a couru comme des fous. Ce **jeu** est trop super ! Parce qu'on doit toucher quelqu'un et, en même temps, on doit faire attention à ne pas être attrapé. Il faut toujours regarder devant, derrière, sur les côtés.

En plus, quand on t'attrape, si tu es une **fée,** tu dois chanter **la la la la,** si tu es une **sorcière,** tu dois faire : **bouououh !** avec une voix de sorcière et si tu es un **troll,** tu dois **grogner comme un cochon !**

J'allais toucher **Tom-sorcière** quand il a dit :

– Pouce ! On a assez joué à ce **jeu,** je tire un nouveau papier. **Grand concours d'équilibre.** Tout le monde est prêt pour **l'équilibre oiseau ?** Le premier qui bouge a perdu. Attention : 3, 2, 1, 0, c'est parti.

Oups ! On avait du mal à tenir.

– Théo éliminé ! Léa, aussi… Maxime, Agathe, Zoé, perdu !

À la fin, il ne restait plus que Coralie.

– À mon tour de choisir **l'équilibre,** a dit Coralie. **Équilibre statue égyptienne.**

– C'est parti ! 1, 2, 3, 4, 5, 6…

Coralie a compté jusqu'à trente mais personne n'est tombé alors elle s'est énervée.

– Bon, quand est-ce que vous tombez ?

Personne n'a répondu.

On était super concentrés.

– Puisque c'est comme ça, je ne joue plus !

Et Coralie est partie furieuse. Immédiatement, j'ai perdu **l'équilibre,** je suis tombée sur Hugo qui est tombé sur Maxime qui est…

On est tous tombés les uns sur les autres comme des dominos sauf…

… Léonard qui a gagné.

Il a tiré un nouveau **jeu.**

– La **machine géante mains-pieds.** Attention ! Je suis le constructeur de la **machine géante.** Je vais vous placer les **pieds,** les **mains,** les **bras.** C'est parti !

Léonard a pris ma **main** et l'a mise sur le **pied** de Hugo, puis il a pris la **main** de Hugo et l'a posée contre la **main** de Maxime…

À la fin, Léonard s'est reculé.

– Ma **machine** est magnifique. Il ne me reste plus qu'à la mettre en route. Attention ! **MARCHE !**

On s'est mis en **marche.** Je tournais le **pied** de Hugo qui faisait tourner la **main** de Maxime qui…

– Hourra ! a crié Léonard. Ma **machine** avance !

À ce moment-là, Jules, le roi de la musique, a crié :

– J'ai une fantasmirifique idée. On va se transformer en **machine onomatopèthe !**

– Une **MACHINE ONOMATOPÈTHE ?** Qu'est-ce que c'est ? on s'est écriés.

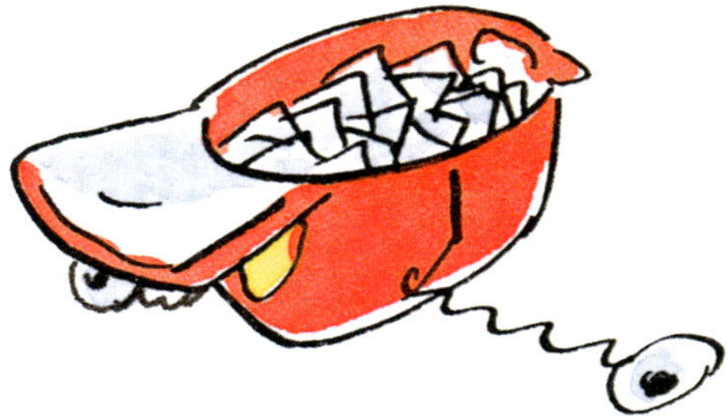

– Vous vous rappelez quand la maîtresse nous a expliqué ce qu'était une **onomatopée ?** a dit Jules.

– Bien sûr, j'ai répondu, ce sont des mots qui ressemblent à des sons d'objets comme **tic-tac** pour le réveil.

– Comme **vroum-vroum** pour la voiture, a dit Léa.

– Comme **prout** pour le pet, s'est écrié Mathieu.

On a éclaté de rire !

– On choisit chacun un son et quand Léonard crie : « **MARCHE !** », la **machine** fera de la musique **onomatopèthe.**

J'ai choisi : **tic-tac.**

Océane a fait : **schblong.**

Clément a sifflé : **tuuuuuuiiiiiiiit !**

Camille a chanté : **tiiiiiiim poum...**

Alors Léonard a crié : « **MARCHE !** » et la machine a musiqué : **Tiiiiiiim schblong tic-tac vroum-vroum zim zam zoum... prout !** (oh ! Mathieu !)

Notre **machine-orchestre** était géniale. Il y a même des CM2 qui sont venus nous admirer puis c'est devenu n'importe quoi ! Alors Félix a tiré un nouveau papier et on a joué à **roi, combien de pas ?**

Il est allé contre le tronc du tilleul et nous nous sommes alignés loin devant lui.

– **Roi,** nous venons te saluer. **Combien de pas ?** avons-nous demandé.

– 3 pas de **géant,** 2 pas de **fourmi** et 4 **toupies !** a répondu Félix.

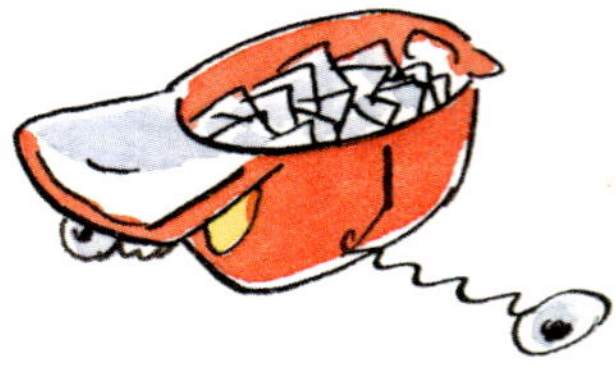

Dans ce **jeu,** il faut obéir au roi. Si, par exemple, tu commences par 3 pas de **fourmi** alors que le roi a dit 3 pas de **géant,** tu as… perdu ! Eh oui comme Lou.

– Lou ! Tu t'es trompée ! Tu as oublié un pas de **géant !** a crié Félix.

– Ce n'est même pas vrai ! a répondu Lou qui n'aime pas perdre. Tu es un menteur !

– Oh là là ! On dirait qu'il y a de la mauvaise humeur qui arrive. Vite, je tire un nouveau papier, a dit Léa.

C'était le **jeu** du chapeau fou, fou, fou.

Tout le monde a crié :

– Hourra ! Vive le chapeau qui fait faire n'importe quoi !

On a formé une grande ronde, Audrey a pris le chapeau de Léa, l'a posé sur sa tête et s'est mise à sauter avec sa main devant sa bouche comme les Indiens autour de leur totem. Quand elle est arrivée devant Théo, elle lui a mis le chapeau.

– À toi maintenant !

Théo a imité un chien fou avant de poser le chapeau sur la tête d'Inès qui s'est pliée en deux et a fait semblant de marcher avec une canne. On aurait dit une vraie grand-mère très vieille !

Inès a passé le chapeau à Léonard qui a fait le clown en jouant de la trompette pour de faux. On rigolait quand, soudain, un petit papier s'est envolé de sa casquette. Jade l'a attrapé.

– Pouououce ! La super casquette de Léonard nous propose un nouveau jeu.

– Le **photographe et les statues,** a lu Jade. Qu'est-ce que c'est que ce **jeu ?**

Oups ! J'ai rougi comme une tomate.

– Euh... C'est un nouveau **jeu.** Je l'ai inventé hier. On se promène dans un parc, quand, tout à coup, un affrhorrible magicien arrive et dit : « GRRRAH ! ABRACADABRA ! Je vous transforme en **statues.** » Et hop, nous, les promeneurs, on se transforme en **statues.** Le photographe nous prend en photo. Il a le droit de nous faire rire et si on bouge, on a perdu. Vous voulez bien jouer ?

– Ouiiiiiiii ! ils ont tous dit.

– Je suis le **photographe,** a annoncé Maxime.

– Et moi l'affrhorrible magicien ! a crié Mathieu. Hin hin hin !

– Alors, la grande promenade peut commencer, j'ai dit.

On a fait semblant de se balader dans un parc quand soudain :

– AH AH AH ! ABRACADABRA ! Je vous transforme en **statues-musiciens.**

Et on s'est tous transformés !

Maxime est arrivé. C'était dur de ne pas éclater de rire quand « clic-clac », il nous prenait en photo. Il n'y a que Zoé qui a résisté alors elle est devenue photographe à son tour et Coralie a joué la magicienne.

– AH AH AH AH AH ! ABRACADABRA ! Je vous transforme en **statues-clowns.**

C'était trop génial ! J'avais inventé un **jeu,** tout le monde y jouait et, en plus, les magiciens ajoutaient des nouvelles **statues !**

Maxime-magicien a crié :

– ABRACADABRA ! Je vous transforme en **statues-crapauds.**

Et Alice-magicien nous a transformés en **statues-rochers.**

On a aussi joué à **statues-tristes, statues-joyeuses, statues-danseurs classiques…**

J'étais trop fière de mon **jeu.**

Quand tout à coup, **driiiiing !**

Oh noooon ! La **récré** était déjà finie !

Pourquoi il faut toujours que les choses qu'on adore s'arrêtent ? C'est ce que je pensais en allant me ranger quand la maîtresse nous a dit :

– Bonne nouvelle ! Vous avez droit à un petit supplément de **récréation.** Il y a des ouvriers qui prennent des mesures dans notre classe pour faire des travaux.

Merci, merci, MERCI maîtresse !

Viiite ! Il y a encore plein de papiers dans la casquette de Léonard !

Mardi

Coucou les amis ! Aujourd'hui, c'est mardi et on a passé une super **récré** grâce à Guillaume ! Quand on est arrivés dans la cour, il nous a dit :

– Les amis, j'ai une idée, on va faire une **récré** spéciale **GRAINE D'IMAGINATION !**

On s'est tous regardés. Guillaume est le grand poète de la classe, mais pas nous !

– Euh, euh… c'est quoi la **récré GRAINE D'IMAGINATION ?** a questionné Tom.

– Je vous explique, a répondu Guillaume. Quelqu'un demande : « À quoi on joue ? » Si tu réponds : « GRAINE D'IMAGINATION ! » tu dois inventer un **jeu.** On y joue et si quelqu'un a une idée pour transformer le **jeu,** il crie à son tour : « GRAINE D'IMAGINATION ! » Comme ça, on ne s'arrête pas une seconde de jouer, d'accord ?

On a tous crié :

– D'accord !

Pauvre maîtresse ! Pour elle, le matin a mal commencé. Personne ne l'écoutait. On faisait tous pousser notre GRAINE D'IMAGINATION pour trouver des idées de **jeux.**

J'étais en train de fabriquer dans ma tête les règles d'une course-poursuite quand je me suis tournée vers la fenêtre. Oh non ! Il pleuvait. Impossible d'aller dans la cour !

On a tous atterri… sous le préau.

– C'est pas grave ! a déclaré Guillaume, on va inventer des **jeux** calmes. Qui commence ?

J'ai dit sans réfléchir :

– **GRAINE D'IMAGINATION !**

Oups ! Vite, VITE, il fallait que je trouve une idée ! Je ne sais même pas comment ça m'est venu mais j'ai déclaré :

– Grand concours de **grimaces !** On se met en rond, je fais une **grimace,** une vraie **grimace** sans les mains, comme ça... Après je me tourne vers mon voisin, qui doit copier ma **grimace,** puis la transformer en tournant la tête vers son voisin et ainsi de suite.

Quand son tour est arrivé, Louise s'est écriée :

– À moi, GRAINE D'IMAGINATION ! On ressemble vraiment à des **monstres horribles affreux** alors je propose de jouer à… la *baguette pétrifiante !* Vous êtes les **monstres.** Je suis la fée. Je vous touche avec ma *baguette* et vous tombez au ralenti, d'accord ?

Touché ! On tombait par terre au ralenti en tordant la bouche, en roulant des yeux… C'était trop drôle et pourtant il ne fallait pas rire, sans ça on était éliminé.

– GRAINE D'IMAGINATION !

C'était au tour de Nicolas.

– On dirait qu'on ne serait plus des **monstres** mais que, comme on est par terre, on se transformerait en **étoile géante.** On doit tous se toucher à un endroit : la main, le pied, la tête… Attention, c'est parti !

Wouah ! En une minute, on est devenus une immense **étoile.** Surtout quand, surprise, les élèves de madame Pikili sont venus s'ajouter à nous, puis les grands !

Résultat : on débordait dans la cour et la pluie tombait sur nous. Alors vite…

– GRAINE D'IMAGINATION ! Vous êtes prêts pour le naufrage du **bateau pirate ?**

C'était Thomas, le **pirate** de la classe, qui venait de se redresser.

– Je suis le grand capitaine du **bateau !** Charles, viens t'asseoir derrière moi, jambes écartées et mains sur mes épaules.

Mathieu s'est mis derrière Thomas, Zizette derrière Aziz, Audrey derrière Maxime. Avec toute la classe, on a formé le plus long **bateau** du monde…

– Un **requin géant** à l'horizon. Vite ! Ramons ! a crié Thomas.

On a ramé en hurlant :

– On est les **gros pirates.** Les forts, les têtes à claques. Horribles et menaçants. On est les affreux méchants !

Puis Thomas a crié :

– Tempête à l'horizon ! Accrochez-vous !

On s'est tous accrochés, on tanguait, on virait sans se lâcher. Une **VAGUE** énorme est arrivée et on s'est renversés. Aïe ! Ouille ! Aïe !

– GRAINE D'IMAGINATION ! a dit Enzo. On serait sur une île où se trouve un trésor. Cherchons-le !

Wouah l'aventure ! On a sauté par-dessus la **rivière aux crocodiles,** on a franchi des **orties ultra-piquantes.**

Soudain Marion a hurlé :

– Au secours ! Des scrabouilles à dents de lion.

Alors on a plongé dans un tunnel.

Au milieu du tunnel, il y avait plein de **champignons gluants.**

Berk ! On a fermé les yeux, on a avancé en tâtonnant. Et puis ouf ! On a enfin vu de la lumière.

Mais à peine sortis, horreur ! Une **montagne de glace** s'est dressée devant nous.

On grimpait, on glissait, on grimpait, on glissait… C'était é-pui-sant.

Arrivé au sommet, Maxime a crié :

– Moi, j'ai FAIM !

– J'ai une idée ! a déclaré Sarah. On joue à touillons, touillons le bon bouillon.
On dit que, sur l'île, il y a un grand **chaudron,** chacun y met ce qu'il veut.
– Je mets dans le **chaudron** un litre de bave d'escargot séchée, a commencé Zizette.
Et tout le monde a touillé en chantant :
– Touillons, touillons le bon bouillon.
– Je mets dans le **chaudron** 3 cuillers de verrues plantaires !
– Touillons, touillons le bon bouillon.

– Je mets dans le **chaudron** du caca de crapaud baveux.

– Du jus de fourmipipi.

– Des bonbons à la chauve-souris...

La rigolade ! C'était à celui qui trouverait l'ingrédient le plus extraordinaire et, à la fin, on inventait des mots !

– Je mets dans le **chaudron** du zinzin de zababouin.

– Je mets dans le schdong des perles de schmirtz à schmourtz, a hurlé Mathieu.

– Et des mirettes de schmourtz à schmirtz, a dit Léonard.

Soudain, Thomas s'est exclamé :

– J'ai trouvé le trésor !

Alors Charles a sorti son épée de chevalier (enfin, pour de faux !) et il a dit :

– Non c'est moi !

– **GRAINE D'IMAGINATION !** a crié Audrey. Je déclare la **fausse bagarre.**

La **fausse bagarre,** c'est facile. On est face à face. Il y en a un qui fait semblant de donner un **coup de poing,** une **claque** ou un **coup de pied** et l'autre qui fait semblant de le recevoir en rentrant son ventre, en se tenant la cuisse et en grimaçant de douleur.

Bien sûr, au début, il faut décider qui donne (pour de faux) le premier **coup** et après, c'est chacun son tour.

Pif! Paf! Boum! (On imite aussi les bruits.) J'adore la **fausse bagarre.** On imagine qu'on fait du théâtre ou du cinéma.

Enfin j'aime bien sauf quand Mathieu, le monsieur Muscles de la classe, oublie que c'est de la **fausse bagarre** et donne un vrai **coup de poing** à... Jade qui se met à pleurer. Pauvre Jade!

– **GRAINE D'IMAGINATION !** a dit Marine. On se bagarre pour un trésor qui n'existe même pas. Alors je propose qu'on joue à **trouve ce qui manque.** Je vous explique. On va tous chercher un trésor dans nos poches : une **bille,** une **barrette,** un **papier de bonbon...** On le pose au centre de ce cercle, on dit que c'est notre coffre. Puis on se concentre pour apprendre par cœur tous les objets qui forment notre trésor. On ferme les yeux. Moi, j'enlève un des trésors et vous devez **trouver** lequel j'ai enlevé. C'est parti !

Le nouveau **jeu** de Marine était génial. Thomas a gagné et crié :

– **GRAINE D'IMAGINATION !** Regardez, là, sous le banc du préau, je vois une boîte en carton. Je vais mettre les objets dedans et on va jouer au **gardien du trésor.**

– Thomas, on dit que c'est toi le **gardien du trésor** et nous, sans faire de bruit, au ralenti, on essaie de te le voler. Tu dois fermer tes yeux et compter. Dès que tu entends du bruit, tu tends le doigt vers l'endroit d'où il vient et le voleur retourne au fond du préau. Celui qui réussit à s'emparer du **trésor** devient le **gardien !** D'accord ?

– Non, pas d'accord ! Il y a beaucoup de bruit sous le préau, le **gardien** n'entendra jamais le voleur arriver.

Oups ! Marine avait raison.

– Attention ! a crié Guillaume, c'est parti !

GRAINE D'IMAGINATION !

– Euh... **mots-vitesse,** a dit Manon. Il faut dire des phrases le plus vite possible. Par exemple :

Quatre pirates patraques
ratent l'attaque d'une barque.
Quatre pirates patraques
ratent l'attaque d'une barque.
Quatre pirates patraques
ratent l'attaque d'une barque.
Quatre pirates patraques...

Hi hi ! On a fait de la vraie PURÉE de mots. Plus on parlait vite, plus les mots s'embrouillaient dans notre bouche. C'était encore pire quand on a décidé de faire **mots-vitesse** avec :

Petit pot de beurre !
Quand te dépetitpotdebeurreras-tu ?
Je me dépetitpotdebeurrerai
quand tous les petits
pots de beurre
se dépetitpotdebeurreront !

On sautait, on criait et on claquait les « p » tellement fort que Coralie s'est fâchée après Aziz.

– Tu m'envoies plein de postillons dans la figure, c'est dégoûtant. Arrête tout de suite !

– Stoooop ! a dit Paul. On ne s'énerve pas. **GRAINE D'IMAGINATION !** On joue à **tu chauffes, tu refroidis.** J'ai caché quelque chose, trouvez ce que c'est. Quand je dis : **tu chauffes,** vous êtes tout près, quand je dis : **tu refroidis,** vous vous éloignez. On commence.

– Est-ce que c'est un jouet ? Est-ce que ça se mange ? Est-ce que…

– J'ai trouvé ! s'est exclamé Charles.

– Déjà ? Pas possible ! on a crié.

– Il fallait juste bien observer, il a continué. Regardez ! Paul n'a plus son foulard, c'est moi qui l'ai. Et en plus je dis GRAINE D'IMAGINATION ! Je propose qu'on joue à un **jeu** calme, d'accord ?

On a tous répondu oui.

– On va jouer au **miroir.** Il y en a un qui joue le **miroir** et l'autre qui se regarde dedans. Celui qui se regarde fait des gestes lentement, et celui qui est le **miroir** imite ses gestes. Attention ! Il faut tout le temps se regarder dans les yeux.

On aurait cru qu'on dansait au ralenti.

On était si calmes et si concentrés qu'on a tous sursauté quand on a compris que la **récré** était finie. Alors on a chuchoté :

– **GRAINE D'IMAGINATION !** Envole-toi !

Et on a soufflé sur la **GRAINE D'IMAGINATION** pour qu'elle s'envole vers les nuages…

– À la **récré** prochaine, les amis !

Jeudi

La Récré Des Animaux

Driiiiiing! Ce matin, quand la sonnerie de la **récré** a retenti, on est tous sortis en même temps ! Ça a fait un bruit **énorme.**

– Maîtresse ! Il m'a poussé !

– Maîtresse ! Elle m'a dépassée !

La maîtresse a crié :

– Arrêtez ! On dirait un **troupeau d'éléphants.**

– **Onh onh !** Moi, je suis un **orang-outan,** a grogné Hugo.

– **Wrouaouh !** Et moi, un **lion,** a rugi Théo en mettant ses cheveux en crinière.

À peine arrivés dans la cour, j'ai proposé :

– Et si, aujourd'hui, c'était **l'école des animaux ? ABRACADABRA !** Je vous transforme en **animaux.**

– **Wrouaouh !**

Devinez qui c'était ? Le **lion Théo.**

Vite, j'ai attrapé Théo et Clara, et bras dessus, bras dessous, on s'est promenés en chantant :

– Qui veut jouer au **loup** et aux **moutons ?**

– Moi, moi, moi, moi, MOI !

– Qui veut être le **loup ?** a demandé Théo.

– Pas moi ! Pas moi ! PAS MOI !

Alors on a ploufé une ploufe qu'on a inventée :

Loup poilu, loup affamé,
Loup qui se cache dans la forêt,
Loup dodu, gros loup qui pue,
Ne te cache pas, je t'ai vu !
C'est toi !

– Hou hou hou ! Je suis le **loup !** a crié Enzo.

On s'est aussitôt mis à quatre pattes.

– Bêê ! Nous, on est les **moutons.**

Et on s'est sauvés car le **loup** nous courait après.

Au début, on jouait sur l'herbe puis on a continué sur le goudron de la cour.

Soudain, on a entendu : **Aïe !**

C'était le **loup.** Il avait galopé tellement vite que l'intérieur de ses pattes avant était rouge et brûlant ! On a regardé la paume de nos mains. Oups, c'était pareil.

Alors Chloé qui connaît les **escargots** par cœur, elle en a chez elle, a crié :

– ABRACADABRA ! Je nous transforme en **escargots.**

Elle nous a expliqué le **jeu** qu'elle avait inventé : la **course des escargots.**

– Mettez-vous par deux. Il y en a un qui est le corps de l'**escargot** et l'autre, sa **coquille.** La **coquille** doit être accroupie au-dessus du corps de l'**escargot.** Et elle ne doit pas quitter son corps.

Enzo a donné le départ :

– 3, 2, 1, 0, c'est parti !

– **Aïe ! Ouille ! Badaboum !**

Moi, **Agathe-coquille,** je venais de m'emmêler les pieds dans la robe de **Coralie-escargot.**

Tom-coquille est parti comme une fusée.

Il a hurlé :

– J'ai gagné !

– Tu parles, a rigolé Léa. Je suis devenue limace.

– Perdu Tom ! a déclaré Enzo. La **coquille** ne doit pas quitter son **escargot.**

– Puisque c'est comme ça, ABRACADABRA, je nous transforme en **mille-pattes,** a déclaré Tom.

J'adore ce **jeu.** Il faut se tenir par la taille, baisser la tête, et interdiction de se lâcher ! Évidemment, plus on est nombreux à jouer au **mille-pattes,** plus c'est drôle.

– Mille-pattes Zoé et mille-pattes Romain, vous êtes prêts ? a demandé Tom (Zoé et Romain étaient à la tête du **mille-pattes**).

On a tous crié :

– Ouiiiiiiiiii !

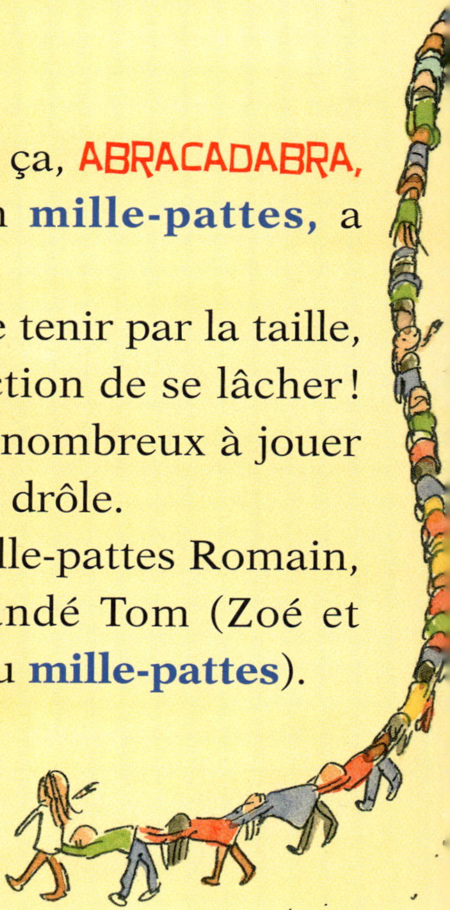

Alors Tom a annoncé :

– 3 **mille,** 2 **mille, mille-pattes,** partez !

Et on est partis ! Euh… dans tous les sens ! On se poussait, on se tirait, mélange de pieds, on est… retombés. Deux **mille-pattes** l'un sur l'autre, vous imaginez le grand bazar ? On n'arrivait même plus à se relever.

Il y en avait qui pleuraient de rire et d'autres qui pleuraient parce qu'ils avaient mal. Résultat : on n'a jamais franchi la ligne d'arrivée.

– ABRACADABRA ! a déclaré Charlotte. Je nous transforme en **écureuils.**

Pour jouer au **jeu** de l'**écureuil,** on se met par deux, face à face, en se tenant les mains pour faire une maison avec un **enfant-écureuil** par maison.

Celui qui commande le **jeu** dit : « **Écureuils,** sortez ! » Alors les **écureuils** sortent de leur maison pour chercher des noisettes et quand il crie : « Attention au renard ! », vite, les **écureuils** doivent se réfugier dans une maison.

Seulement voilà, une des maisons a disparu. Il y a donc un **écureuil** qui sera éliminé.

Les **écureuils** étaient sortis.
Charlotte, la chef du **jeu,** a prévenu :
– Attention au sanglier !

On a continué à se promener, car Charlotte avait dit : sanglier et pas renard.

Du coup, Charlotte a crié :
– Tous les **écureuils** ont perdu !

On n'était pas d'accord, surtout Lou qui n'aime pas perdre.

C'est alors que Lou m'a glissé à l'oreille :

– ABRACADABRA ! Agathe, je nous transforme en **perroquets !**

Le **jeu** du **perroquet,** c'est le **jeu** le plus énervant du monde.

– Un sanglier, un renard, c'est pareil, a dit Charlotte.

Et nous, on a **perroqueté :**

– Un sanglier, un renard, c'est pareil.

– Agathe et Lou, vous n'êtes pas drôles !

– Agathe et Lou, vous n'êtes pas drôles !

– Mais arrêtez de répéter tout ce que je dis.

– Mais arrêtez de répéter tout ce que je dis.

À ce moment, Sarah est arrivée avec sa corde à sauter.

– ABRACADABRA ! Je nous transforme en **singes** et ma corde est un **serpent.**

Et on a joué à la **corde-serpent.** Mathilde et Sarah tenaient chacune la corde d'un côté en la faisant onduler au sol. On devait sauter en imitant les **singes** et interdiction de marcher sur la **corde-serpent** sinon on avait perdu.

Au début, le **jeu** était facile. Le **serpent** bougeait lentement, puis il s'est énervé, il fallait sauter de plus en plus vite.

Louise, qui n'y arrivait pas, a déclaré :

– ABRACADABRA, je nous transforme en **animaux** du zoo. On joue à la **clé du zoo.** Il y a 2 groupes d'animaux. Pour s'échapper du zoo, il faut attraper le bâton-**clé** qui est devant moi. Chaque **animal** du groupe 1 fait la course avec un **animal** du groupe 2. Quand un **animal** attrape la **clé** le premier, son groupe marque un point. Le groupe qui a le plus de points a gagné sa liberté.

– Nous sommes les **tigres,** j'ai dit.

– Nous les **autruches,** a dit Lucas.

– Les **tigres** et les **autruches** veulent s'enfuir du zoo. 3, 2, 1, 0, partez ! a crié Louise.

J'ai couru le plus vite que j'ai pu mais oh non, c'est Lucas qui a gagné !

– Les **autruches :** 1 point, les **tigres :** 0, a annoncé Louise.

Tous les **tigres** et toutes les **autruches** ont couru et ce sont les **autruches** qui ont gagné la **clé** de la liberté.

Après on était tellement fatigués qu'on s'est laissés tomber par terre.

– ABRACADABRA ! Je nous transforme en **paresseux.** Et les **paresseux,** c'est **paresseux.** Ils courent au ralenti le plus ralenti possible et le dernier arrivé a gagné.

On a avancé len-te-ment… très len-te-ment sauf Tom. Il n'a pas réussi à ralentir ses gestes alors il est arrivé premier, ce qui veut dire que, chez les **paresseux,** il a perdu ! Grrr… il a fait une énorme grimace.

– Hi hi ! Je crois que j'ai gagné, regardez-moi, a dit Lou.

C'est vrai, Lou était bien la dernière.

– Forcément Lou, a dit Pierre. Tu ne bouges pas du tout mais ça, c'est interdit, tu as perdu.

– J'ai peut-être perdu, a répliqué Lou, mais qui est-ce qui a inventé la **course des canards accroupis** avec les mains sur les genoux ? Et la **course des kangourous** en sautant à pieds joints ? Et la **course des grenouilles bondissantes ?**

– Et moi j'invente un **jeu** pour rigoler ! a hurlé Jules. ABRACADABRA, je nous transforme en **animaux** de la **ferme.** Choisissez chacun un **animal.** Ça y est ? Regardez, la cour de la **ferme** se trouve ici.

Jules a dessiné un carré avec ses pieds et il a marqué les limites avec des petits cailloux.

– Attention, quand je dis : **« Le soleil se lève »,** la **ferme** doit se réveiller et chanter. Quand je dis : **« Le soleil se couche »,** les **animaux** doivent se taire et se rendormir.

– Le soleil se lève !

– Wouaf ! Bêê ! Meuh ! Miaou ! Groin groin ! Cot cot codet ! Glou glou ! Coin coin ! Bzzzz ! Hi han ! Coâ ! Coâ !

On faisait de la vraie musique de campagne.

– Le soleil se couche ! Au lit, les animaux de la ferme !

On s'est allongés par terre et on a fait semblant de dormir et de ronfler.

– J'ai une autre idée ! ABRACADABRA ! Je nous transforme en **ours** et en **abeilles,** a dit Félix. Je vous explique. La ruche se trouve sous le tilleul. Les **abeilles** butinent à côté. Les **ours,** lents, lourds et gourmands arrivent pour manger leur miel. Les **abeilles** font BZZZZZ ! et courent derrière eux pour les piquer avec leur dard. Dès qu'un **ours** est piqué, il se transforme en **abeille** et il va près de la ruche.

On s'est amusés comme des fous ! **BZZZZZ !** Les **abeilles** couraient avec leur doigt devant le nez pour imiter le dard et les **ours** se balançaient lourdement, les pattes… euh les bras ballants.

À la fin, il ne restait que l'**ours-Charlotte**. Alors nous, les **abeilles,** on a foncé sur elle et on l'a chatouillée avec nos dards. Mais…

… Driiiiiing !

– Wouaf ! Bêê ! Meuh ! Miaou ! Wrouaouh ! Sssssss ! Groin groin ! Cot cot codet ! Glou glou ! Coin coin ! Bzzzz ! Hi han ! Coâ !

– Clap clap !

Ça, c'était la maîtresse qui tapait dans ses mains, impatiente.

– Allez, en rang les enfants. C'est l'heure d'aller à l'école des animaux.

Et on est vite montés en classe en riant.

Vendredi

Secret, mon secret

Et maintenant, il faut absolument que je vous raconte ma **récré** d'aujourd'hui vendredi parce que c'était la plus spéciale de toutes les **récrés** de MA VIE. C'est vrai !

Bon, par où je vais commencer...

En premier, est-ce que vous connaissez Secret ?

Non ?

Évidemment ! C'est mon **secret** !

Oh là là ! J'imagine déjà vos questions !

– Est-ce que Secret est une fille, un garçon, une fleur, un animal ou un objet ?

– Est-ce que Secret parle français, chinois ou russe ?

– Est-ce que Secret aboie, barrit, meugle ?

Ou encore...

– Est-ce que Secret est un agent **secret** qui surveille en **secret** des gens **secrets ?**

Je ne vous réponds pas tout de suite parce que si Secret s'appelle Secret, c'est qu'il est... **secret,** forcément !

Donc tout a commencé à la **récré** du matin. À peine arrivé dans la cour, Mamadou a hurlé :

– Qui veut jouer à **maxi cache-cache ?**

– Moi ! MOI ! Moi ! MOI ! MOI !

– Ploufe-ploufe. **Cache-cache, cache-**nez, **cache-**pied. Si tu le dis, c'est toi qui y es.

– Paul, c'est toi !

– Bon d'accord, c'est moi qui colle.

Notre cour est grande mais il n'y a pas beaucoup de **cachettes** à part derrière les arbres ou sous les bancs. Et moi, aujourd'hui, je voulais de toutes mes forces être la championne du **maxi cache-cache.**

Alors vite ! Personne à droite, personne à gauche ! J'ai couru me **cacher** et j'ai attendu.

J'ai entendu Paul crier :

– Vue Laura ! Vue Mathilde ! Vue Marie ! Vu Mathieu ! Vue Zoé ! Vu Tom !

Il ne restait plus que moi. Hourra !

– Où est Agathe ? a demandé Paul.
– Petite bête, sors de ta **cachette !**
(C'était Guillaume qui adore les rimes.)

À cet instant, j'ai entendu un bruit d'assiettes derrière moi. Zut de zut ! La dame de la cantine mettait la table. Elle allait me voir et m'emmener chez le directeur. D'un bond, je suis sortie du self et…

– Agathe ! Tu n'es qu'une **TRICHEUSE !** On n'a pas le droit d'entrer dans la cantine avant midi, a dit Paul.

« TRICHEUSE ! »

Paul m'avait traitée de **« TRICHEUSE »** devant tout le monde ! J'ai voulu répondre que ce n'était pas vrai, que je n'étais pas une **TRICHEUSE**, que je voulais juste être la championne, mais ma langue s'est bloquée dans ma bouche. Et j'ai couru loin, très loin, de l'autre côté de la Terre pour ne plus voir personne. Je suis arrivée au vieux cabanon dans le jardin qui touche la cour et je me suis réfugiée derrière.

– **Miaou…**

Assise contre le cabanon, la tête dans mes genoux, j'entendais au loin les copains jouer. Je reconnaissais leurs voix. Personne ne parlait de moi. Personne ne se demandait où j'étais.

– **Miaou…**

J'étais toute **seule** au monde. En vrai, j'étais TROP vexée.

– **Miaou !**

– **MIAOU !**

J'ai tourné la tête et au milieu d'une grosse touffe d'herbe, sur ma gauche, j'ai aperçu… une petite boule de poils gris. On aurait dit la queue d'un gros lapin sauf qu'un lapin ne miaule pas ! J'ai pris la boule de poils dans mes mains. C'était un **chaton** a-do-ra-ble, avec deux yeux **bleus** qui me regardaient en disant :

– S'il te plaît Agathe, sois mon amie.

Alors je l'ai **COUVERT** de **bisous.**

– **Miiaaaououou ! Miaou ! Miaou ! Miaou !**

Oh là là ! Mon petit **chat** n'arrêtait pas de miauler. J'ai pensé qu'il n'aimait peut-être pas les **bisous,** alors je lui ai fait mille **caresses.**

– **Miaaaououou ! Miaou ! Miaou ! Miaou !**

Mon petit **chat** voulait me dire quelque chose, c'est sûr, mais quoi ?

J'aurais bien aimé appeler Chloé, la spécialiste des animaux. Elle aurait pu traduire ce qu'il disait.

Mais mes copains jouaient toujours. À **cache-cache objet** maintenant. Un d'entre nous **cache** un objet. Il faut trouver quel est l'objet **caché** en posant plein de questions, et ensuite on le cherche.

Mais moi, personne ne me cherchait alors j'ai pensé qu'ils n'étaient plus mes copains. Mon petit **chat** et moi, on était seuls au monde.

– **Miaou !**

– Petit **chat,** je vais t'appeler **Secret.** Tu seras mon **secret,** mon **Secret** rien qu'à moi.

Et je l'ai pris dans mes bras.

– **Miaaaouou ou !**

– **Secret,** ne t'inquiète pas, je m'appelle Agathe et je vais m'occuper de toi.

– **Miaou ! Miaouououououou !**

Ce n'était sûrement pas un miaou qui dit d'accord. Et tout à coup, j'ai compris.

– **Secret !** Tu as faim. Et je n'ai rien à te donner à manger.

Juste à ce moment-là, j'ai entendu la sonnerie.

– À tout à l'heure **Secret,** reste bien tranquille. Je te rapporterai plein de bonnes choses du self.

Après au moins mille **bisous** et gros **câlins** à **Secret**, je suis sortie en **cachette** du jardin et j'ai couru en classe.

– Où étais-tu Agathe ? Tu es en retard ! m'a dit la maîtresse.

J'ai baissé la tête.

– Euh... c'est à cause de ma chaussure et euh... j'ai dû la réparer.

En classe, j'ai gardé la tête baissée pour ne pas voir les autres, surtout Paul. De toute façon, je ne pensais qu'à **Secret**.

Quand la sonnerie du déjeuner a retenti, j'ai couru au self sans attendre mes copains.

Au dessert, plutôt que choisir la glace **fraise-vanille,** j'ai pris un yaourt nature, pour **Secret** évidemment.

– Agathe ! Tu as déjà fini ?

C'était Mehdi, un animateur très gentil.

– C'est que… j'ai mal au ventre. Je… euh… je vais aux toilettes.

Oups ! Je ne savais pas qu'il fallait mentir autant pour garder un **secret.**

J'ai fait bien attention qu'on ne me voie pas et je suis retournée au vieux cabanon.

Secret était toujours là.

Quand je me suis approchée, il n'a pas bougé. Il n'a même pas miaulé. J'ai tout de suite vu qu'il n'allait pas bien. J'ai mis un peu de yaourt sur mon doigt, il n'en a pas voulu.

Je l'ai caressé mais j'étais inquiète. Et si, à cause de moi, Secret était de plus en plus malade ? Après tout, c'est moi qui voulais que Secret soit mon **secret,** pas lui.

– Agathe ! Où es-tu **cachée ?** On te cherche partout. AGATHE ! Tu es où ?

C'était Paul qui m'appelait. Je n'ai pas répondu.

– Oh ! Tu es là Agathe. Pardon pour ce matin, j'ai été un peu méchant mais je t'ai cherchée longtemps et je ne t'ai pas trouvée.

Puis Zizette est arrivée, suivie de Manon, de Mamadou, de Jade, et ils m'ont tous dit :

– Agathe, viens jouer avec nous. C'est triste la **récré** sans toi.

Waouh ! Mes amis m'aimaient. Trop bien !

– **Miaou !**

Tous mes copains se sont précipités sur mon **Secret.**

– Oh un petit **chat.** Qu'il est mignon ! Tu me le prêtes ?

J'allais crier : « Ne le touchez pas, il est à moi ! » quand Chloé a tendu les bras pour empêcher tout le monde de prendre **Secret.**

– Ne touchez pas ce petit **chat.** Il est très jeune et fragile. Il a besoin de sa maman.

Juste à ce moment-là, mademoiselle Lafleur, la maîtresse des CM1, est arrivée. Elle habite la maison tout à côté de l'école.

– Ça alors, mon petit **chaton.** C'est ma **Vanille** qui va être heureuse !

– Qui est **Vanille ?** j'ai demandé.

– Sa maman. Elle le cherche partout.

– Mais il est très malade, il n'a pas mangé, j'ai commencé à expliquer, c'est à cause de moi, c'est parce que…

Et je lui ai tout raconté, la partie de **cache-cache,** ma bêtise, le mot affreux de Paul, la découverte de **Secret.**

– Je te remercie Agathe de me confier ton **secret.** Certains **secrets** sont parfois trop lourds à porter, c'est tellement mieux de les partager.

Mademoiselle Lafleur a ajouté :

– Et ne t'inquiète pas. Secret n'est pas complètement sevré. C'est un tout petit **chaton** qui a encore beaucoup besoin de sa maman pour grandir. Je l'appellerai Secret en souvenir de son aventure avec toi.

Puis mademoiselle Lafleur est partie avec mon Secret dans les bras.

Alors Paul a crié :

– C'est parti pour une maxi partie de **chat-souris !** Attention Agathe, c'est moi le gros chat. **MIAOU !**

Au fait, vous connaissez le **jeu** de **chat-souris ?** Les **souris** sont assises sur le fromage (c'est un grand cercle qu'on dessine à la craie). Le **chat** tourne autour du fromage.

Quand il crie : « C'est moi le **chat** », toutes les **souris** quittent le fromage et le **chat** doit en attraper le plus possible.

On a super bien joué. J'avais mal aux jambes tellement j'avais couru.

Et ce soir je me demande si un **secret** doit TOUJOURS rester **secret...**

Qu'est-ce que vous en pensez, vous ? Moi, je dirais des fois oui, des fois non. Quand le **secret** rend malheureux, c'est mieux de le partager. Comme ça, après, ça va beaucoup mieux.

Allez salut !

Miaou miaou miaou !

Et à demain, à la **récré** pour une partie de **chat perché.** Il y a longtemps qu'on n'y a pas joué.

Mais oups ! Demain, c'est samedi et il n'y a pas d'école, donc pas de **récré.**

Oh ! Que je suis bête ! Youpi hourra ! Demain, je suis invitée chez Marine, c'est son anniversaire.

Vite, il faut que je me dépêche, je n'ai pas fini de fabriquer son **cadeau.**

Alors à bientôt les amis pour de nouvelles **récrés.**

Et chantez avec moi :

Vive l'école ! Vive les **récrés !**
Les **récrés,** c'est la santé !
Pour grandir, il faut jouer,
Vive l'école, vive les **récrés !**

L'auteur

Pakita aime tous les enfants ! Les petits, les gros, les grands, avec des yeux bleus, verts ou jaunes, avec la peau noire, rouge, orange, qui marchent ou qui roulent, et même ceux qui bêtisent !
Pour eux, elle se transforme en fée rousse à lunettes, elle joue, elle chante, elle écrit des histoires et des chansons pour les CD, les livres ou pour le dessin animé.

L'illustrateur

Jean-Philippe Chabot est né à Chartres en 1966. Avant d'entrer à l'école il dessinait déjà. À l'école, il dessinait encore. Puis il a choisi de faire des études de... dessin. Et maintenant, son travail c'est illustrer des albums et des romans.
Il est très heureux de dessiner tous les jours et parfois même la nuit mais toujours en musique.

L'école d'Agathe

1. Coucou, c'est moi Agathe !
2. Mathieu, le roi des bonbons
3. J'adore Zizette
4. Il est bizarre, Léonard
5. Audrey veut toujours commander
6. Paul, capitaine des pompiers
7. Coralie miss chichis
8. Il est rigolo, Théo
9. Emma ou Léa, qui est qui ?
10. Le super jeu de Zoé
11. La terrible semaine d'Alexandre
12. Aziz aime miss chichis
13. La nouvelle s'appelle Louise
14. La boîte à secrets de Kim
15. Tous avec Manon
16. Une surprise pour la maîtresse
17. Où est la dent de Laura ?
18. Le grand spectacle de Mamadou
19. Charlotte est encore en retard
20. Chloé adopte des escargots
21. Marion cherche des amis
22. Arthur, champion de kayak
23. Mamyvonne retourne en classe
24. Tom, le père Noël des animaux
25. Les deux anniversaires de Marine
26. Youpi ! Betty se marie
27. Guillaume super poète
28. Sauvons le poney de Marie !
29. Thomas est un vrai pirate
30. Camille voudrait être une star
31. Félix le génie des cabanes
32. Allergiques comme Clara !
33. Le mystère de la maîtresse
34. Mathilde et la fête des mères
35. Alice et son pigeon voyageur
36. Lucas le meilleur en tout
37. Yann et l'école de rêve
38. Pierre fait des farces
39. Nicolas mène l'enquête
40. Tout le monde joue avec Agathe
41. Lola Catastrophe
42. Vive le cirque de Hugo

L'école d'Agathe

Toute la série
L'école d'Agathe
sur www.rageot.fr

Achevé d'imprimer en France en juillet 2009
par I.M.E. – 25110 Baume-les-Dames
Dépôt légal : septembre 2009
N° d'édition : 5000 - 01